옛날에는 사람을 제물로 바치기도 했어요.
아주 오래전 처녀를 제물로 바치던
어느 마을에서 일어난 일이에요.

추천 감수_ 서대석
서울대학교와 동 대학원에서 구비문학을 전공하고 문학박사 학위를 받았습니다. 한국
구비문학회 회장과 한국고전문학회 회장을 지냈으며, 1984년부터 지금까지 서울대학
교 인문대학 국어국문학과 교수로 재직 중입니다. 〈한국구비문학대계〉 1-2, 2-2, 2-6,
2-7, 4-3 등 5권을 펴냈으며, 쓴 책으로 〈구비문학 개설〉, 〈전통 구비문학과 근대 공연
예술〉, 〈한국의 신화〉, 〈군담소설의 구조와 배경〉 등이 있습니다.

추천 감수_ 임치균
서울대학교 대학원에서 고전소설 연구로 문학박사 학위를 받고 현재 한국학중앙연구원
한국학대학원 어문예술계열 교수로 재직 중입니다. 한국학중앙연구원에서 문헌과 해석
운영위원으로 활동하고 있으며, 고전소설의 대중화 방안을 연구하여 일반인들에게 널
리 알리는 일에 앞장서고 있습니다. 쓴 책으로 〈조선조 대장편소설 연구〉, 〈한국 고전
소설의 세계〉(공저), 〈검은 바람〉 등이 있습니다.

추천 감수_ 김기형
고려대학교와 동 대학원에서 구비문학을 전공하고 문학박사 학위를 받았습니다. 현재
고려대학교 문과대학 국어국문학과 부교수로 판소리를 비롯한 우리 문학을 계승 발전
시키기 위해 노력하고 있습니다. 쓴 책으로 〈적벽가 연구〉, 〈수궁가 연구〉, 〈강도근 5가
전집〉, 〈한국의 판소리 문화〉, 〈한국 구비문학의 이해〉(공저) 등이 있습니다.

추천 감수_ 김병규
대구교육대학을 졸업하고 한국일보 신춘문예에 동화가, 중앙일보 신춘문예에 희곡이
당선되면서 작품 활동을 시작했습니다. 대한민국문학상, 소천아동문학상, 해강아동문
학상 등을 수상했으며, 현재 소년한국일보 편집국장으로 재직 중입니다. 쓴 책으로 〈나
무는 왜 겨울에 옷을 벗는가〉, 〈푸렁별에서 온 손님〉, 〈그림 속의 파란 단추〉 등이 있습
니다.

추천 감수_ 배익천
경북 영양에서 태어났습니다. 1974년 한국일보 신춘문예에 동화가 당선되었고, 〈마음
을 찍는 발자국〉, 〈눈사람의 휘파람〉, 〈냉이꽃〉, 〈은빛 날개의 가슴〉 등의 동화집을 펴
냈습니다. 한국아동문학상, 대한민국문학상, 세종아동문학상 등을 받았으며, 현재 부
산 MBC에서 발행하는 〈어린이문예〉 편집주간으로 일하고 있습니다.

글_ 이지현
경남 울주에서 태어나 1999년 MBC창작동화대상에 당선되면서 본격적으로 동화를 쓰
기 시작했습니다. 같은 해 아동문학연구소 동시 부문 신인상을 수상하기도 했습니다.
쓴 책으로 〈시계 속으로 들어간 아이들〉, 〈파란 눈의 내 동생〉, 〈꿈을 꾸는 불씨 하나〉
등이 있습니다.

그림_ 조예정
중앙대학교 회화과를 졸업하고 현재 프리랜스 일러스트레이터로 활동하고 있습니다. 한
국출판미술협회 회원이며, 2004년 프뢰벨러스트 전시회에 참여하였습니다. 그린 책으
로 〈멸치의 꿈〉, 〈서울 쥐와 시골 쥐〉 등이 있습니다.

소년한국
**우수어린이
도서수상**

〈말랑말랑 우리전래동화〉는 소년한국일보사가 국내 최고의
도서 제품을 선정하여 주는 우수어린이 도서를 여러 출판
사의 많은 후보작과의 치열한 경쟁을 뚫고 수상하였습니다.

**말랑말랑
우리전래동화** **㉓ 사랑과 믿음**
은혜 갚은 두꺼비

발 행 인 박희철
발 행 처 한국헤밍웨이
출판등록 제406-2013-000056호
주　　소 경기도 성남시 분당구 금곡동 444-148
대표전화 031-715-7722
팩　　스 031-786-1100
편　　집 이영혜, 이승희, 최부옥, 김지균, 송정호
디 자 인 조수진, 우지영, 성지현, 선우소연
사진제공 이미지클릭, 연합포토, 중앙포토

△ 주의 : 본 교재를 던지거나 떨어뜨리면 다칠 우려가 있으니 주의하십시오.
　　　　고온 다습한 장소나 직사광선이 닿는 장소에는 보관을 피해 주십시오.

은혜 갚은 두꺼비

글 이지현 그림조예정

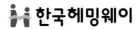 한국헤밍웨이

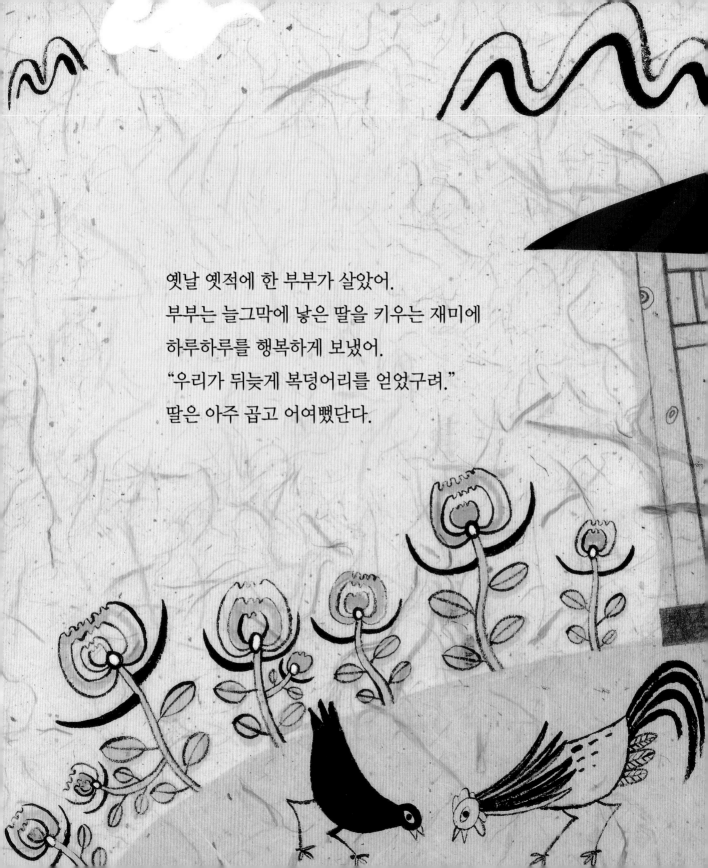

옛날 옛적에 한 부부가 살았어.
부부는 늘그막에 낳은 딸을 키우는 재미에
하루하루를 행복하게 보냈어.
"우리가 뒤늦게 복덩어리를 얻었구려."
딸은 아주 곱고 어여뻤단다.

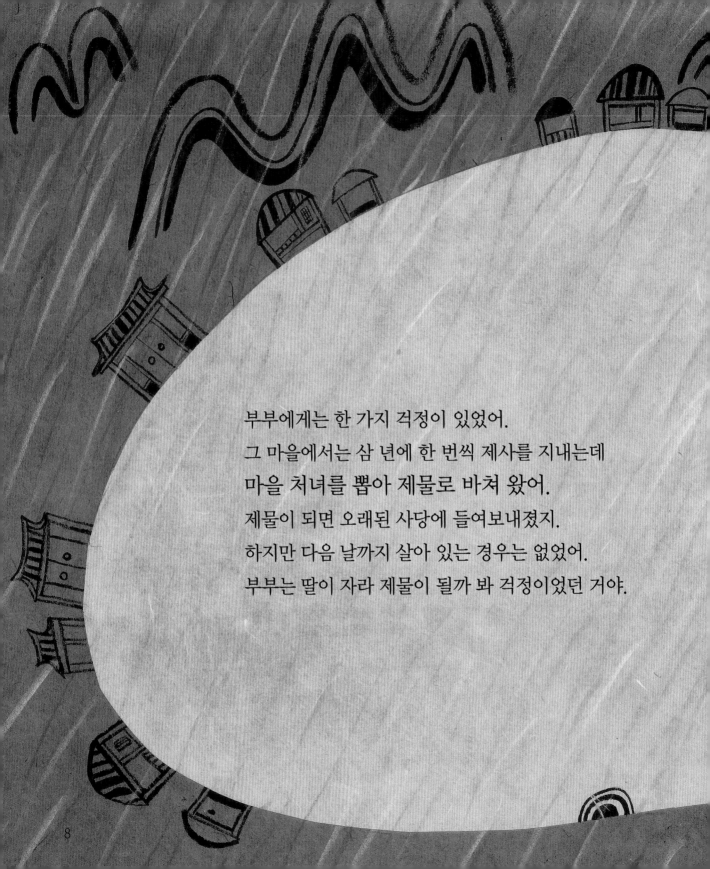

부부에게는 한 가지 걱정이 있었어.
그 마을에서는 삼 년에 한 번씩 제사를 지내는데
마을 처녀를 뽑아 제물로 바쳐 왔어.
제물이 되면 오래된 사당에 들여보내졌지.
하지만 다음 날까지 살아 있는 경우는 없었어.
부부는 딸이 자라 제물이 될까 봐 걱정이었던 거야.

그렇다고 제물을 바치지 않을 수도 없었어.
까닭 없이 사람이 죽곤 하다가도
처녀를 제물로 바치고 나면 농사가 풍년이 들고
나쁜 일이 생기지 않았거든.
"이번에는 옆집 삼월이가 뽑혔대!"
제물로 뽑힌 처녀의 집에서는
*애끊는 울음소리가 끊이지 않았어.

*애끊다 : 몹시 답답하거나 안타까워 속이 끊는 듯하다.

딸은 마을에서도 제일가는 효녀로 자랐어.
어머니를 거들어 물동이를 나르고,
아버지를 따라다니며 땔나무도 주워 왔어.
하루는 딸이 부엌에서 밥을 짓고 있는데,
어디선가 두꺼비 한 마리가 나타났어.
두꺼비는 큰 눈을 끔벅거리며
딸을 올려다보았어.

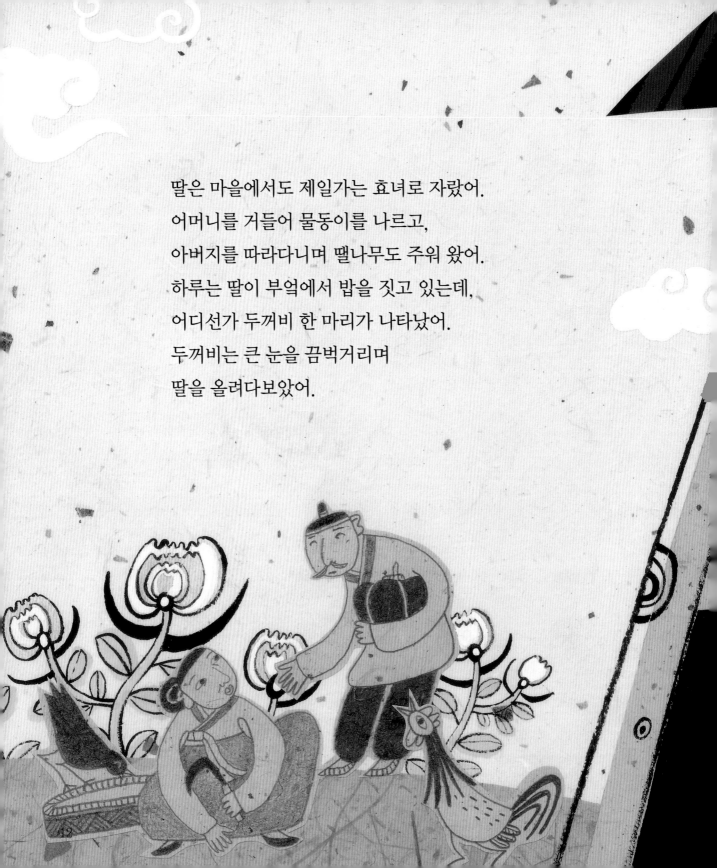

"두껍아, 두껍아. 배고프니?
자, 밥 한술 먹어라."
딸은 제 밥그릇에 있는 밥을 퍼서
두꺼비에게 주었어.
두꺼비는 그 밥을 날름 먹어 치우더니
고맙다는 듯이 고개를 꾸벅꾸벅했어.
딸은 두꺼비에게 자기 밥을 반이나 나눠 주었어.

이튿날부터 두꺼비는 딸을 줄레줄레 따라다녔어.
딸은 두꺼비한테 항상 밥을 반씩 덜어 주며
동생처럼 귀여워했어.
주먹만 하던 두꺼비는 어느새 자라 솥단지만 해졌어.
작고 어린 딸도 훌쩍 자라서 아리따운 처녀가 되었지.

어느 해 봄, 부부가 걱정하던 일이 벌어졌어.
마을 사람들이 모여 제물이 될 처녀를 뽑았는데,
그만 딸이 제물로 뽑히고 만 거야.
"아이고, 이를 어쩌나!"
부부는 하늘이 무너지고 땅이 꺼지는 것 같았어.

아이고,
내 딸아!

19

제삿날 동이 트기 전이었어.
딸이 마지막으로 부모님께 드릴 밥상을 차리는데
엉기적엉기적 두꺼비가 나타났어.
딸은 두꺼비를 안고 엉엉 울었어.
"두껍아, 나는 이제 제물로 바쳐질 몸…….
내가 죽고 나면 우리 부모님은 누가 모시지?
차라리 해가 뜨지 않았으면 좋겠어."
두꺼비는 그 말을 알아듣기라도 한 것처럼
커다란 두 눈을 끔벅끔벅했어.

날이 밝기 무섭게 마을 사람들이 딸을 데리러 왔어.
부부는 차마 딸을 보내지 못했어.
그러자 사람들이 억지로 떼어 내며 말했어.
"다 마을을 위한 것이니 너무 슬퍼 마시오."
마을 사람들은 딸을 사당 안에 들여놓은 다음
제사를 지내기 시작했어.
날이 어두워지자 딸만 사당 안에 남겨 놓은 채
밖에서 문을 닫아걸고 돌아가 버렸지.

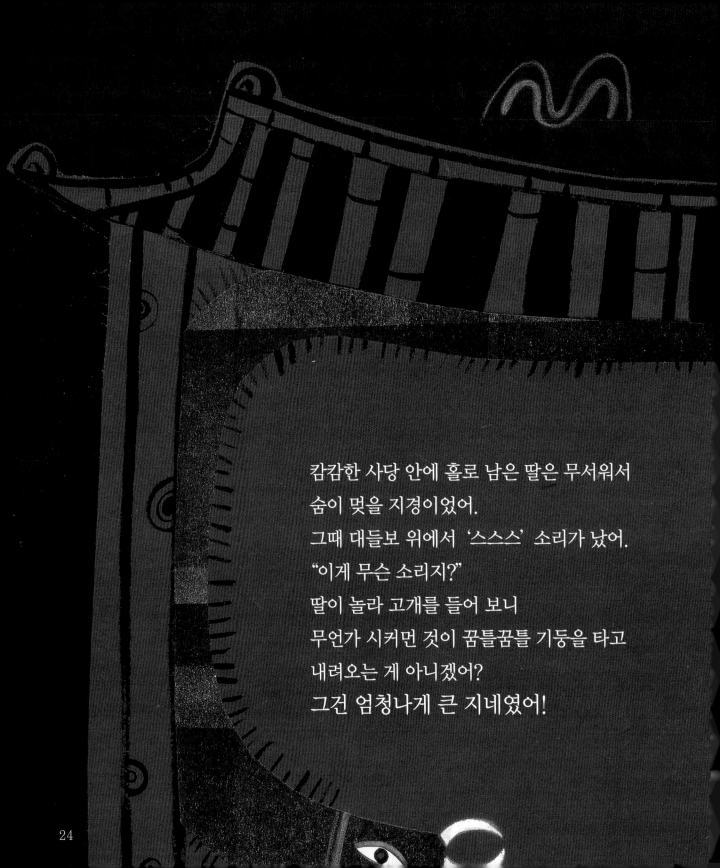

캄캄한 사당 안에 홀로 남은 딸은 무서워서
숨이 멎을 지경이었어.
그때 대들보 위에서 '스스스' 소리가 났어.
"이게 무슨 소리지?"
딸이 놀라 고개를 들어 보니
무언가 시커먼 것이 꿈틀꿈틀 기둥을 타고
내려오는 게 아니겠어?
그건 엄청나게 큰 지네였어!

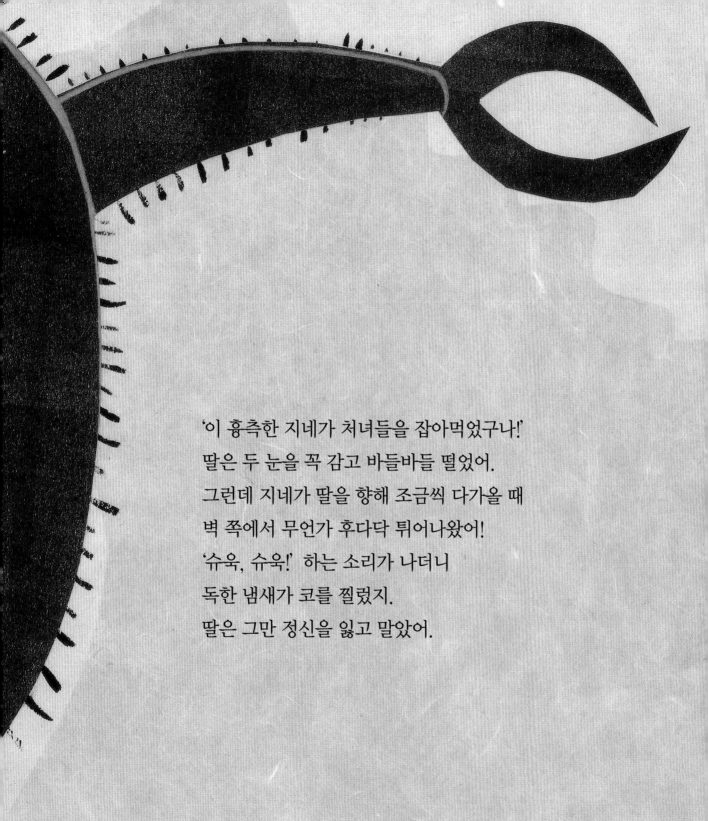

'이 흉측한 지네가 처녀들을 잡아먹었구나!'
딸은 두 눈을 꼭 감고 바들바들 떨었어.
그런데 지네가 딸을 향해 조금씩 다가올 때
벽 쪽에서 무언가 후다닥 튀어나왔어!
'슈욱, 슈욱!' 하는 소리가 나더니
독한 냄새가 코를 찔렀지.
딸은 그만 정신을 잃고 말았어.

벽에서 튀어나온 건 딸이 키우던 두꺼비였어.
두꺼비는 커다란 지네에 맞서 싸우기 시작했어.
쉬익, 쉬익, 우르르 쾅쾅!
사당에서는 밤새도록 요란한 소리와 매운 연기가
새어 나오고, 번쩍번쩍 불꽃이 튀었어.
마을 사람들은 깜짝 놀라 사당 밖에 모여 서서
숨을 죽이며 지켜보았지.

29

이튿날 새벽이 되자 요란하던 소리가
점점 잦아들더니 사당 안이 쥐 죽은 듯 조용해졌어.
마을 사람들은 조심스레 사당 문을 열어 보았지.
안에는 천 년 묵은 커다란 지네와
솥단지만 한 두꺼비가 죽어 있었어.
그때 딸이 콜록콜록 기침을 하며 깨어났어.
딸은 두꺼비를 안고 흐느껴 울었어.
"두껍아. 나를 구하려다 네가 죽었구나."

흉측한 지네가 죽자 마을에서는
더 이상 제물을 바치지 않아도 되었어.
"이게 모두 두꺼비 덕이야."
마을 사람들은 지네가 살던 사당을 헐고
그 자리에 두꺼비를 위한 사당을 지었어.
딸은 매일 사당을 찾아가 두꺼비의 넋을 위로했어.
두꺼비가 좋아하던 따뜻한 밥 한 그릇을 들고 말이야.

은혜 갚은 두꺼비 작품해설

옛이야기에는 동물들이 많이 나옵니다. 그중에는 사람을 도와주고 힘이 되어 주는 동물도 있고, 반대로 사람을 괴롭히고 두려움에 떨게 만드는 동물들도 있습니다. 또 사람에게 은혜를 입으면 반드시 그것을 갚는 동물들도 있지요.

이 이야기는 두꺼비가 사람에게 은혜를 입고, 그것을 갚기 위해 제 목숨을 던진다는 '동물 보은담' 중의 하나로, '지네 장터 설화' 또는 '오공 장터 설화'에 바탕을 둔 이야기입니다.

늘그막에 딸을 얻은 부부는 정성을 다해 키웁니다. 딸아이는 마을에서 제일가는 효녀였습니다. 어느 날, 딸이 부엌에서 밥을 푸고 있는데 두꺼비 한 마리가 나타났습니다. 딸은 그런 두꺼비를 불쌍하게 여겨 자기가 먹을 밥을 한 숟가락 덜어 주었습니다. 이튿날부터 두꺼비는 딸을 따라다니고, 딸도 두꺼비를 동생처럼 귀여워했습니다.

딸이 사는 마을에는 오래된 사당이 하나 있었는데 삼 년마다 한 명씩 처녀를 제물로 바쳐야 했습니다. 그렇지 않으면 마을 사람들이 까닭 모르게 죽고, 흉년이 들었기 때문입니다. 제물을 바칠 해가 되었는데 이번에는 그만 딸이 뽑히고 말았지요. 제삿날 딸은 사당에 혼자 남겨지게 되고 지네에게 잡아먹히려는 순간 두꺼비가 처녀를 구해 주고 대신 죽습니다.

지네가 사라지고 마을에 평화가 오자, 사람들은 은혜를 갚기 위해 목숨을 던진 두꺼비를 위해 사당을 지었어요. 두꺼비 덕에 목숨을 구한 딸은 매일같이 사당을 찾아가 두꺼비의 넋을 위로했지요. 이 이야기에서 딸은 두꺼비처럼 작고 보잘것없는 동물에게 자기가 먹을 밥을 덜어 줍니다. 자기가 준 만큼 돌려받을 리도 없을 텐데, 전혀 아까워하지 않았지요. 두꺼비는 그렇게 고마운 마음이 담긴 밥을 먹었기 때문에 아낌없이 제 목숨을 바칠 수 있었던 것이 아닐까요? 이 이야기는 은혜를 입었으면 그것을 잊지 말고 갚아야 한다는 가르침과 함께, 아무런 대가 없이 진정으로 남을 위하고 나누는 마음의 소중함을 일깨워 줍니다.

꼭 알아야 할 작품 속 우리 문화

사당

조선 시대에는 집을 지을 때 사당을 먼저 지었어요. 그곳에 조상을 모시고, 제사를 지냈지요. 우리 선조들은 죽은 후에도 영혼이 남는데, 그 영혼을 잘 모셔야 후손들이 잘 살 수 있다고 믿었어요. 그래서 죽은 사람을 위해 사당을 짓고, 제사를 지낸 것이지요. 춘향이나 논개, 또는 왕 같은 유명한 사람을 기리는 사당

을 지어 후손이 오래도록 모시기도 해요. 사당에는 그곳에 모시는 조상에 대해 적은 위패를 모셔요. 위패는 조상의 몸을 상징하므로 아주 소중하게 보관하지요.

제물

제물은 제사를 지낼 때 신에게 바치는 것을 말해요. 요즘도 제사를 지낼 때 맛있는 음식을 여러 가지 준비하지요? 아주 오래전에는 살아 있는 동물이나, 심지어 사람을 제물로 바치기도 했어요. 전쟁에서 사로잡은 포로들을 바치는 경우도 있었지요. 양이나, 소, 돼지 같은 가축을 제물로 바칠 때는 제사가

끝난 뒤 함께 나누어 먹기도 했어요. 살아 있는 동물이나 맛있는 음식을 바치는 것은 소원을 잘 들어 달라는 의미예요.

그런 풍습은 우리나라뿐만 아니라 세계 각지의 민족들에게 있었지요. 페루 쿠스코에 있는 잉카 민족의 유적지인 켄코에는 제물을 바치던 바위가 남아 있어요.

조상의 지혜를 배우는 속담 여행

〈은혜 갚은 두꺼비〉에서 부부는 딸을 애지중지 길렀어요. 그런데 그 딸을 사당에 제물로 바쳐야만 했지요. 부부는 하늘이 무너지고 땅이 꺼지는 것만 같았어요. 여기에서 배울 수 있는 속담을 알아보아요.

마른하늘에 날벼락

갑자기 나쁜 일을 당해 놀란 경우에 사용하는 속담이에요.

마른하늘에 날벼락이라더니 어째 이런 일이……

요놈아, 수업 시간에 자니까 벌을 받은 거야!

전래 동화로 미리 배우는 **교과서**

 처녀가 마을의 제물로 뽑혔을 때 어떤 기분이었을지 말해 보세요.

 두꺼비는 처녀에게 은혜를 갚기 위해 지네와 싸워요. 여러분도 친구나 부모님에게 도움을 받은 적이 있을 거예요. 어떤 도움을 받았고, 어떻게 은혜를 갚을지 이야기해 보세요.

🐓 아래 그림을 보고 처녀와 두꺼비, 처녀의 부모님이 어떤 기분일지 각각 써 보세요.

처녀 ....

두꺼비 ....

부모님 ....

💜 국어 5-1 읽기 5. 사실의 발견 108~113쪽